佳佳的妹妹不見了

文 筒井賴子　　圖 林明子　　譯 游珮芸

佳佳在門口玩耍的時候，

媽媽從家裡走了出來。

「佳佳，媽媽要去一趟銀行，

馬上就會回來。

你在這玩，等我唷。」

「小鈴呢？」

「剛剛睡著了。小鈴睡醒之前，

媽媽就會回來了。」

「好唷，媽媽再見！」

媽媽匆匆忙忙的走了。

過了一會，
門內傳來小鈴的哭聲。
佳佳馬上跑去把門打開。
小鈴光著腳丫走到門邊。
佳佳一邊幫小鈴穿鞋，
一邊說：「小鈴乖，不哭。
姐姐陪你玩，來吧。」
小鈴不哭了。

小_{ㄒㄠ}鈴_{ㄌㄧㄥ}蹀_{ㄉㄧㄝ}蹀_{ㄉㄧㄝ}蹀_{ㄉㄧㄝ}的_{ㄉㄜ}走_{ㄗㄡ}到_{ㄉㄠ}門_{ㄇㄣ}外_{ㄨㄞ}。

「小_{ㄒㄠ}鈴_{ㄌㄧㄥ}， 不_{ㄅㄨ}是_ㄕ那_{ㄋㄚ}邊_{ㄅㄧㄢ}啦_{ㄌㄚ}。

這_{ㄓㄜ}邊_{ㄅㄧㄢ}、 這_{ㄓㄜ}邊_{ㄅㄧㄢ}。」

佳_{ㄐㄧㄚ}佳_{ㄐㄧㄚ}拉_{ㄌㄚ}著_{ㄓㄜ}小_{ㄒㄠ}鈴_{ㄌㄧㄥ}的_{ㄉㄜ}手_{ㄕㄡ}

往_{ㄨㄤ}另_{ㄌㄧㄥ}一_ㄧ邊_{ㄅㄧㄢ}走_{ㄗㄡ}。

小_{ㄒㄠ}鈴_{ㄌㄧㄥ}的_{ㄉㄜ}手_{ㄕㄡ}很_{ㄏㄣ}小_{ㄒㄠ}、 很_{ㄏㄣ}軟_{ㄖㄨㄢ}。

佳_{ㄐㄧㄚ}佳_{ㄐㄧㄚ}覺_{ㄐㄩㄝ}得_{ㄉㄜ}自_ㄗ己_{ㄐㄧ}好_{ㄏㄠ}像_{ㄒㄧㄤ}忽_{ㄏㄨ}然_{ㄖㄢ}

長_{ㄓㄤ}高_{ㄍㄠ}、 長_{ㄓㄤ}大_{ㄉㄚ}了_{ㄌㄜ}。

佳佳從口袋裡拿出粉筆，

在地上畫起了鐵軌。

「小鈴，我們來玩嘟嘟開火車吧。」

「嘟嘟———嘟嘟！」

小鈴笑得很開心。

「嘟嘟———嘟嘟！」

小鈴在只有兩條線的

鐵軌上跑了起來。

「還沒啦，還不行唷。

等我全部畫好再開始玩。」

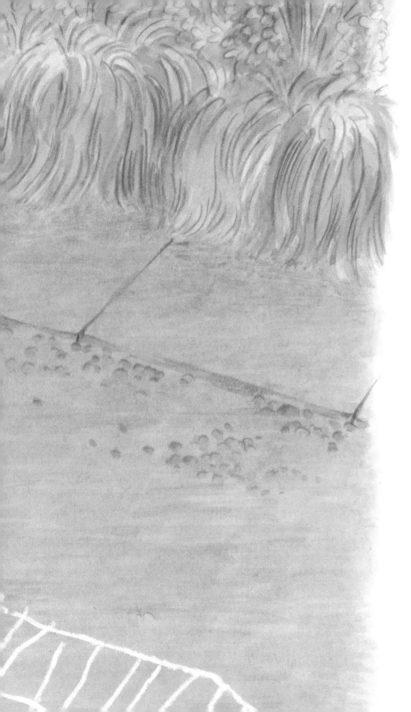

小鈴停下腳步。

為了讓小鈴能玩得更開心，

佳佳專心用粉筆，

仔細畫著鐵軌。

「鐵路很長、很長唷。

然後，還有車站。

我再幫你畫一些山……

隧道先生你好……

好啦，小鈴，畫好了！」

佳佳抬起頭。

小鈴不見了。
佳佳嚇了一跳，
她慌慌張張的，
從巷子頭看到巷子尾，
都沒看到小鈴。

嘰嘰——！
突然，大馬路傳來了
腳踏車緊急煞車的聲音。

佳佳趕緊跑了起來。
「怎麼辦！
如果是小鈴的話怎麼辦！」
佳佳的心跳得好快。

大馬路上，腳踏車撞到的
不是小鈴。
佳佳鬆了一口氣。
「那……小鈴在哪裡？」

「對了，公園！」

17

佳佳馬上跑向
媽媽每次都會帶小鈴
去玩的公園。
「啊！」
佳佳看到，
遠遠的地方有一個小女孩。
「小鈴！」
佳佳大喊。
可是，小女孩一直往前走，沒有理她。

佳佳加快腳步，
快要追上小女孩時，
小女孩突然回過頭來。
那是一個完全不認識的、
別人家的小孩。

佳佳又跑了起來。

這時，她聽到轉角傳來小孩子的哭聲。

佳佳吃了一驚。

下一秒，從轉角的地方，
慢慢走出一個男人，
那個男人拉著一個小女孩的手。
佳佳緊張得快不敢呼吸，
不過，那也是一個完全不認識的、
別人家的小孩。
「不聽爸爸話的小孩，
要打打。」
擦身而過的時候，
那個男人小小聲的對小女孩說。

佳佳又跑了起來。
「小鈴、小鈴、
小鈴、小鈴……」
距離公園越來越近，
佳佳的心跳也越來越快，
步伐也越跑越大。

終於到了公園。
「找到了！」
小鈴在公園裡，
正蹲在沙坑玩沙。
這次是真的，
是小鈴沒錯。

佳佳什麼話也沒說，跑向了小鈴。

小鈴看到佳佳時，

也笑著舉起她沾滿沙子的手。

緊緊牽繫的手足之情　　莊世瑩｜童書作家

由筒井賴子撰文、林明子作畫的《第一次出門買東西》，在 1976 年出版後深獲好評，因為書中捕捉到人生第一次獨立行動的關鍵時刻，那種跨出成長步伐的喜悅，不僅化為小讀者心目中成年儀式的一部分，全書湧現的生之勇氣，更感動了無數人心。

隔年，這對黃金拍檔再度攜手合作《佳佳的妹妹不見了》，依然從孩子真實的生活經驗中取材，但是這本書裡的小女孩佳佳，不僅年齡比第一本書的主角長大了一些，這一次還被賦予了更重的責任和更多的考驗。兩位創作者在不同的情節中，展現出日常生活裡點滴累積的戲劇時刻，讓我們見到小孩的生活事件，竟然也會如此驚心動魄。

原來媽媽有事外出時，以為自己很快就會回家，並未真正託付佳佳要擔起照顧妹妹小鈴的任務。但是當妹妹突然小寐醒來，光著腳丫、一邊啼哭找人時，佳佳自然的轉換了身分，似乎從一個小孩變身為小媽媽，她為小鈴穿鞋並安撫情緒，這應該是平日所見，從媽媽身上學習的角色扮演，同時流露出手足間溫暖緊密的親情。

然而佳佳畢竟還是個孩子，當小孩全心投入遊戲狀態時，一枝簡單的粉筆，就可以創造一個完整的想像世界。當她熱切的想和妹妹分享這個神奇的空間，才驚覺小鈴不見了！吸引人的故事性就由「找妹妹」這個懸念開啟，一次次「所找非人」，隨著時間不斷的推移，究竟能不能找到小鈴呢？讀者不禁也跟著在巷弄間奔跑穿梭的佳佳而心急如焚。

為本書繪製插畫的林明子，經常請她的兩個外甥女當模特兒，依照她的草圖擺好動作、拍下照片，再選擇各種姿態中最生動活潑的瞬間。她寫實細緻的描繪手法，賦予人物豐富的肌理，佳佳在她的畫筆下，不只是個甜美可愛的小女孩，還具有獨立、冒險和靈巧的特質，為了找回親愛的妹妹，展開積極的行動。

林明子嫻熟的掌握了圖像敘事語言，和筒井賴子精鍊的文字做了完美的搭配。從佳佳專心的在地上畫鐵軌，那長長延展的粉筆線指向未知的遠方，大馬路傳來的煞車聲增加了懸疑感，帶動佳佳跨步狂奔，圖畫的方向性和速度感，驅動著讀者翻頁，跟著融入情節。

全書的幾個轉折處理得巧妙自然，尤其林明子的圖畫視角，就像安排有緻的電影鏡頭，近景、中景和俯瞰社區的大全景靈活交替運用，既詳細呈現故事的情境，也呼應佳佳在尋找過程中的跌宕心情。在人物設計上亦可見林明子的巧思，她特意將別人家的小孩也和小鈴做相似的打扮，製造出因誤認而發生的驚喜和失落，增加了故事的戲劇張力。

讀者一路跟著佳佳緊張不安，直到最後將妹妹擁入懷中的那個畫面，才終於鬆了一口氣。那張圖完全沒有文字，鏡頭聚焦在緊緊相擁的兩姊妹，四周突然安靜下來，我們卻能聽見情感共鳴的聲音在書頁間流淌，佳佳也在此時此刻，又長大了一些。

這本書曾絕版多時，欣見現在能以更好的譯文和編輯製作，再度和新世代的讀者見面。雖然書中的媽媽將孩子獨自留在家中的情形，以現今兒童保育觀念看來並不合宜，但林明子溫潤美好的圖畫中，所蘊藏的親情和手足之愛，永遠能得到孩子的共鳴。小讀者沉浸在圖畫書溫馨的氛圍裡，享受閱讀積累的幸福時光，就是經典好書之所以能跨越時代，恆久感動人心的原因。

作者 筒井賴子

1945 年日本東京都出生。著有童話《久志的村子》與《郁子的小鎮》，繪本著作包括《第一次出門買東西》、《佳佳的妹妹不見了》、《佳佳的妹妹生病了》、《誰在敲門啊》、《去撿流星》、《出門之前》、《帶我去嘛！》等。

繪者 林明子

1945 年日本東京都出生。橫濱國立大學教育學部美術系畢業。第一本創作的繪本為《紙飛機》。除了與筒井賴子合作的繪本之外，還有《今天是什麼日子？》、《最喜歡洗澡》、《葉子小屋》、《麵包遊戲》、《可以從 1 數到 10 的小羊》等作品。自寫自畫的繪本包括《神奇畫具箱》、《小根和小秋》、《鞋子去散步》幼幼套書四本、《聖誕節禮物書》套書三本與《出來了 出來了》，幼年童話作品有《第一次露營》，插畫作品包括《魔女宅急便》與《七色山的祕密》。

譯者 游珮芸

寫童詩也愛朗讀詩。常早起到海邊、湖邊看日出、散步，也喜歡畫畫、攝影。覺得世界上最美的是變化多端的朝霞和雲彩。臺大外文系畢業、日本御茶水女子大學人文科學博士，任教於臺東大學兒童文學研究所，致力於兒童文學／文化的研究與教學，並從事兒童文學相關的策展、出版企畫、創作、翻譯與評論。

國家圖書館出版品預行編目 (CIP) 資料

佳佳的妹妹不見了 / 筒井賴子文；林明子圖；游珮芸譯.
-- 第一版. -- 臺北市：親子天下股份有限公司, 2023.06
42面；26.3x18.8公分. --（繪本；324）
國語注音
ISBN 978-626-305-482-0（精裝）

1.SHTB：圖畫故事書--3-6歲幼兒讀物

861.599   112005900

ASAE AND HER LITTLE SISTER

Text by Yoriko Tsutsui © Yoriko Tsutsui 1979

Illustrations by Akiko Hayashi © Akiko Hayashi 1979

Originally published by Fukuinkan Shoten Publishers, Inc., Tokyo, Japan, in 1979 under the title of "あさえとちいさいいもうと"

The Complex Chinese rights arranged with Fukuinkan Shoten Publishers, Inc., Tokyo

All rights reserved.

繪本 0324

佳佳的妹妹不見了

文｜筒井賴子　圖｜林明子　翻譯｜游珮芸

責任編輯｜謝宗穎　美術設計｜林子晴　行銷企劃｜翁郁涵、張家綺

天下雜誌群創辦人｜殷允芃　董事長兼執行長｜何琦瑜

媒體暨產品事業群

總經理｜游玉雪　副總經理｜林彥傑　總編輯｜林欣靜

行銷總監｜林育菁　副總監｜蔡忠琦　版權主任｜何晨瑋、黃微真

出版者｜親子天下股份有限公司　地址｜台北市 104 建國北路一段 96 號 4 樓
電話｜（02）2509-2800　傳真｜（02）2509-2462　網址｜www.parenting.com.tw
讀者服務專線｜（02）2662-0332　週一～週五：09:00~17:30
傳真｜（02）2662-6048　客服信箱｜parenting@cw.com.tw
法律顧問｜台英國際商務法律事務所・羅明通律師
製版印刷｜中原造像股份有限公司
總經銷｜大和圖書有限公司　電話：（02）8990-2588

出版日期｜2023 年 6 月第一版第一次印行
　　　　　2024 年 3 月第一版第三次印行
定價｜380 元　書號｜BKKP0324P　ISBN｜978-626-305-482-0（精裝）

──────────── 訂購服務 ────────────
親子天下 Shopping｜shopping.parenting.com.tw
海外・大量訂購｜parenting@cw.com.tw
書香花園｜台北市建國北路二段 6 巷 11 號　電話（02）2506-1635
劃撥帳號｜50331356　親子天下股份有限公司

立即購買 >